공항철도

공항철도

최영미 시집

이미출판사

차례

역사는 되풀이된다 **2부**

3부 순수한 독서

최후 진술 4부

1부

그래도 봄은 온다

너무 늦은 첫눈

세검정에서 시작해
서교동의 카페에서 멈춘

첫눈
나에게만 보이는 눈
나에게만 보이는 너
나에게만 보이는 그 남자의 뒷모습
나에게만 빛나는 사람
다시 오지 않을 인생의 한때를
빗자루로 쓸고 있다
그는 알까?

그토록 쉬웠던 우리의 시작
그렇게 오래 연습한 마지막
돌아서면 사라질
너 없이도 아름다운 풍경을 쓸며

살아있다 펄펄

하얀 종이 위에

3월

3월이 전진한다
불퇴전의 용사처럼
앞으로 앞으로
겨울을 밀어내며 봄을 쟁취하려
맨 앞에서 싸우느라
거칠어진 손으로 나뭇가지의 눈을 털고
빛의 화살을 던져 얼음을 녹인다

겨울의 그림자를 걷어내고
얼어붙은 뿌리에 부활의 물을 뿌리고
찬바람 흙먼지 마시며 2월의 벽을 흔들어
새싹이 돋고
투박한 3월이 제 몸을 부수어 만든 길에
4월과 5월이 저만치 따라오며
저 잘난 척 출렁대며 깃발을 흔든다
봄은 내거야, 내가 봄이라고!

하얀 목련이 피었다 지고
벚꽃이 재잘거리는 4월이 오면
사람들은 까맣게 3월을 잊는다
어젯밤 꿈을 잊듯이

연둣빛 잎사귀들이 앞다투어 자태를 뽐내는 오후
더 따뜻하고 더 푸른 세상이 왔다고
초록 세상을 선포한 공화국의 휴일.
어른들은 외투를 벗어 팔에 걸고
아이들은 깡충거리며 싱그러운 속살을 내보이고
계절의 여왕이 오셨다며 환호를 바친다
커다란 휘장을 두르고 액자 속에 들어간 4월
한 번 싸워보지도 않은
4월과 5월에 찬사가 쏟아지고
아픔을 모르는 5월이 봄을 대표해 상을 받는다

5월 천하,

이름도 명예도 남김없이 사라진

3월의 명복을 비는 이는 없다

제 임무를 다하고 잊혀진 3월은

아픔을 참으며

겨울과 싸우느라 다치고 터진 생살을 꿰매고

다음 전투를 위해 제 몸을 추스르며

또 1년을 기다린다

조용히 죽은 듯

자신의 운명을 받아들이며

피어보지도 못하고 시든

3월이여

봄을 열었으나

봄에 잊혀진

안녕

내가 죽으면 묻어줄 사람이 있을까?
내가 죽으면 정말로 울어줄 사람이 있을까?

내가 죽으면 바다에 뿌려줘

살아서는 벗어나지 못했으나
죽어서라도 이 사나운 땅을 벗어나게

공항철도

"최선의 정치란 훌륭한 정치를 하고자 하는 바람을 가지고 의도적으로 일을 벌이는 것이 아니다. 최선의 정치는 순리를 따르는데서 이루어진다."* ＿ 김시습(金時習)

눈을 감았다
떠 보니
한강이
거꾸로 흐른다

뒤로 가는 열차에
내가 탔구나

---

*김시습(金時習 1435~1493) 선집 『길 위의 노래』(돌베개, 정길수 편역, 132쪽)에서 발췌

새

이 나무에서 저 나무로
신발도 신지 않고
외투도 걸치지 않고
배고프면 먹이를 찾고
때가 되면 짝을 찾고
몸이 시키는 대로
산을 넘고 강을 건너
집을 짓고 알을 낳고
어느 겨울날
재수없이 바퀴에 깔려
피범벅이 되어도
새는 후회하지 않는다
제 살을 파먹으며 아파하지 않는다

Truth

You can not sleep in two beds.

You can not sleep in two rooms.

You can not stay in two houses,

no matter how many houses you have.

You live once, not twice.

You die once, not twice.

So, what are you doing?

집이 아무리 커도 자는 방은 하나. 침실이 많아도 잘 때는 한 방, 한 침대에서 자지. 시골에 우아한 별장이 있고 이 도시 저 도시 옮겨가며 사는 당신. 동서남북에 집이 널려있어도 잘 때는 한 집에서 자지 않나? 그러니 자랑하지 마. 그러니 불평하지 마, 집이 작다고

벨라 차오 bella ciao [*]

이탈리아는 아름다움

이탈리아는 축구

이탈리아는 춤추는 피자였는데,

(피자를 나르며 엉덩이춤을 추던 로마의 웨이터

보느라 심심하지 않았지)

이탈리아는 코로나바이러스가 되었다

혼자 가도 외롭지 않은 나라

이탈리아는 꽃

이탈리아는 미술관

이탈리아는 당신이었는데…

안녕 내 사랑 bella ciao bella ciao

텅 빈 거리

발코니에 나와

눈물이 아니라 노래를!

냄비를 두드리며 저항하는

미친 당신들을 나는 사랑해

＊Bella Ciao (안녕 내 사랑): 2차 세계대전 때 이탈리아 빨치산들의 저항
가요. 2020년 3월, 코로나 봉쇄령이 내려진 이탈리아에서 사람들이 발코
니에 나와 벨라 차오를 불렀다.

먼저

QR 체크인 해주세요
안심번호를 발급받으세요

변덕스런 3월의 정원에 코로나가 피었다
목련보다 먼저 마스크가 피었다

비가 와도 젖지 않고
바람이 불어도 떨어지지 않고
우리 강산 하얗게 하얗게 물들이는
두려움을 먹고 자라는 꽃

잃어버린 너

내 손에 묻은 타인의 지문을 물로 흘려보낸다
흔적 없이 씻겨나간 흉터와 무늬
뜬구름 같은 비누거품만 아름다웠지

비 온 다음 날, 뺨에 닿은 아침 공기
차갑고 상쾌한
실연의 맛

젊은 남자

광화문에서 헤어진 적은 없다
이렇게 넓은 곳에서 널 놓아 버리면
다시 찾을 수 없잖아

서교동에서 우리는 헤어졌지
이별의 의식을 치렀지 미리 연습한 대로
내 연기는 훌륭했어 울먹이지도 않았고
당황한 건 너였지 멀어지는
너의 모습을 25년이 지나 인화했어
적당히 붐비는 카페였어 익명이 될 수 있었던
지금은 없어진
아는 사람들만 찾던 골목의
놀이터에서 너를 잃어버렸지

먼발치에서 나를 알아보고
어색하게 지나가던 너

우연히 마주쳐도
어색하지 않은 이별은 없지
너는 내게 무엇이었을까
너는 sex of my life
너를 못 잊는 게 아니라
나를 못 잊는 거야

가자 가자 이 어둠을 뚫고
민주주의의 뜨거운 함성이
예수 사랑하심은…
거룩하신 말씀과 섞이는 광화문 광장에서
너와 헤어졌다면 어땠을까

시끄러운 확성기를 피해
순두부집으로 가려다 길을 잃고
오피스텔 건물로 들어섰다

너를 닮은 원룸들

너의 원룸 현관을 장식했던 향수병들

시 속에서도 너는 다른 남자들과 섞이지 않아

너의 냄새는 독특했거든

너는 뚜렷해

디오르의 향수처럼

Addict를 사려다 Poesie를 골랐지

잔향이 은은하고 오래 갈 것 같아서

공항 면세점에서, 너를 유혹하려고

태어나 처음 향수를 샀지

너는 지금도 내 신발장 속에 있어

Poesie, 나 안 버렸거든

다 쓰지도 않고 버릴 순 없잖아

진실

사람들에게 진실을 들으려면
어린애처럼 바보처럼 보여라
무릇 인간은 술 취했을 때,
그리고 어린애 앞에서
솔직해지거든

2부

역사는 되풀이된다

최영미

적을 만드는 능력이 뛰어난 사람

이 문장을 이해하는 자
이 농담을 이해하지 못하는 자

누구든지 내가 마음만 먹으면
5분 안에 웃길 수 있다

나의 본질을 꿰뚫은 어떤 개그맨에게
이 시를 바친다

원죄

모르는 사람과 악수하지 않고
싫으면 싫다
좋으면 좋다고 너무 표시내고
목소리가 크고
알아서 잘해주지 않고
눈치도 상식도 없고
높은 사람이 누군지 알지 못하고
(알아야 눈치를 보지)
신간이 나와도 책을 돌리지 않고
선배 대접을 하지 않고
후배를 챙기지 않고
(후배가 가방인가? 챙기게…)

파란불이 켜지면 제일 먼저 건너고
(살 떨리는 순발력!)
젊은 애들보다 걸음이 빠르고

맛있는 건 혼자 먹는 사람

인생은 맛있는 것만 골라 먹는 뷔페가 아니야

마지막 기회

늦게까지 독신이던 친구 A가
결혼한다는 소식을 들었다
남자보다 테니스를 좋아하던 B도
선을 봐서 결혼했다고

마지막 남은 노처녀들이 일망타진되던 봄

침대에 누워 푸른 바다에 몸을 맡겼다
산과 바다가 보이는 속초의 아파트에서

더 늦기 전에 아이라도 건질까?

여자친구들이 떠난 뒤
남자들이 떠난 뒤
문장만이 오래 살아남아

이십 년이 지나도 마르지 않은 잉크

담배나 태워야지

운수 좋은 날

단골식당에 12시 전에 도착해

번호표 없이 점심을 먹고

서비스로 나온 생선전에 가시가 하나도 없고

파란불이 깜박이는 동안 횡단보도를 무사히 건너

"환승입니다" 소리를 들으며

(교통비 절약했다!)

버스에 올라타

내가 내릴 곳을 지나치지 않고

내가 누르지 않아도 누군가 벨을 눌러

뒤뚱거리지 않고 착지에 성공해

신호에 한 번도 걸리지 않고

익숙한 콘크리트 속으로 들어가

배터리가 떨어졌다는 경고음 없이

현관문이 스르르 열리는 날.

육십 세

허리가 구부러지고
발은 느려지고
피부는 까칠해지고
머리카락이 빠지고
눈은 희미해지고

하늘은 낮아지고
지구는 점점 따뜻해지고
더러운 땅에 안주하며

아주 작은 것에도 만족하는 불평쟁이가 되었다

사랑의 종말

봄이 오기 전에
겨울을 내다 버렸다
겨울에 겨울을 버리는 재미

어떤 사연도 없는 코트
나 말고는 누구의 눈도 즐겁게 못한
따뜻한 모직 100퍼센트
무겁지만 무거운 줄 몰랐지
첫사랑이니까

처음 입을 때는 무척 설레었는데
2월의 햇살이 닿자
수명이 다한 애인처럼 거추장스러워
언제 버릴까 기회를 엿보다
아무렇게나 접어
세탁소에 던지고

두터운 겨울 코트를 벗는 것만으로도

행복한 나이가 되었다

역사는 되풀이된다

냉장고를 열고
호박을 꺼내고
양파를 꺼내고
한 토막 남은 두부를 꺼내고

더 꺼낼 게 없어 하늘을 본다

결코 부족하지 않은 환멸을 먹고
삼십 년을 살았다
질리지 않는 허무를 마시고

오늘은 한 번도 현관문을 열지 않았다
(참 잘했어요~)
나갈까?

필요한 건 너밖에 없는데…

초콜릿 아이스크림을 포기하고

재미없는 시집을 읽었다

한 사람의 생애를 읽는데 2시간도 걸리지 않았다

센티멘탈 sentimental

젊은 날의 그를 알고 있다
수줍고 아름다운 청년
그가 운전하는 차에 민주주의와 자유를 싣고
드라이브를 즐기던
그때가 나의 전성기였지

삼십 년 세월이 망가뜨린
너의 얼굴, 대문에 걸린 사진
멋있게 보이려 옆으로 몸을 틀고
앙가주망을 자랑하는 지식인
오십이 지나서도
소년의 나르시시즘을 버리지 못한 K
언론이 키웠으니
언론이 잡게 내버려둘까

완벽해 보이는 것들이 제일 위험해

낙서

사랑과 분노가 있어야 큰일을 한다

이제 분노할 힘도 없다
분노할 열정이 있다면 연애를 하든가,
맛있는 거 찾아 먹겠다

정치*

오, 나 다시 젊어져

그녀를 품에 안아 보았으면! _ 예이츠(W. B. Yeats)

어떻게 내가, 저 눈부시게 아름다운 도토리묵

달콤쌉싸름한 당근케이크를 입에 넣고서

내 관심을

검찰개혁, 공수처 설치

혹은 검경수사권 조정에 집중할 수 있을까

그래 여기에 경험이 풍부해

자기가 뭘 말하는지 아는 사람,

인터넷을 돌아다녀

자기가 뭘 말하는지도 모르고 떠드는 사람,

저기 읽고 생각할 줄 아는

정치인이 있지

한국사회의 적폐청산에 대해

그들이 말하는 게 사실일지도 몰라

그러나 오! 나 다시 젊어져

잇몸 걱정 없이 바게트 씹어 봤으면!

---

*예이츠 (W. B. Yeats)의 시 "Politics"를 패러디 했다.

사랑과 분노

마스크를 쓴 사람들은 다 비슷해 보여
마이크를 잡은 사람들도 다 비슷해 보여

마스크를 쓴 사람들은 바보가 아니지
하얘 보이지만 속은 검고
오늘 주식이 얼마나 올랐나? 부동산은?
자기 먹고 살 궁리만 하는 것 같지만
컴퓨터 앞에서 나라 걱정도 하지

애국심에 불타는 스마트폰
똑똑한 전화를 들고 누워서도
손은 쉬지 않는다
인종차별보다 무서운 바이러스

달을 사랑하는 사람들과
달을 미워하는 사람들이

폭탄을 주고 받는다
사랑과 분노가 싸우면 누가 이길까?
이제야 같이 영원히 아멘_

나는 하느님이 두렵지 않다
코로나바이러스도 두렵지 않다
생각도 않고 좋아요를 누르는 손이 더 두렵다

코로나 바이러스에 갇혀
슬픈 사람은 더 슬프고
아픈 사람은 더 아프다

입원하기 전, 어머니는 투표를 거르지 않았다
누구를 찍었냐고 간호사가 물어보자
빙그레 웃으시며 "그런 건 말할 수 없지"
아주 정치적인 대답으로 우리를 웃긴 어머니

한 번도 마이크를 잡지 못한 어머니
누구도 미워하지 않았던 어머니
누구도 사랑하지 않는 나
왼편도 오른편도 아닌

내가 두려워하는 건
왼쪽과 오른쪽으로 치우친 손가락들
몰려다니며 좋아요를 누르는 손
벌떼처럼 달려들어
똑같은 생각, 같은 말을 강요하는 손
정치는 숫자가 아니야

정의는 휴대전화에만 있지 않다

새해 인사

2020년 : 진심이 통하는 새해가 되기를 소망합니다
(진심은 통하지 않았다. 진심이 통했다면 책이 더 팔렸어
야지)

2021년 : 혼자서도 행복하시길…
(혼자 행복했다면 이런 시 안 쓴다)

2022년 : 행복도 진심도 빌지 말아야지
다만 이곳을 떠나게 허락해주소서

3부

순수한 독서

자본주의에서의 평등

우리는 모두 다른 존재로 세상에 태어났으나, 사회가 우리를 똑같이 생각하고 똑같이 느끼고 욕망하는 기계로 길들였다.

내가 아니라
우리를 받아들이고
우리들에 익숙해지며
생활인이 되고
나는 늙었다

앨리스

발열 체크 바랍니다

낮은 체온입니다

오늘 내가 들은 유일한 한국말

34.5가 36 뒤에서

수레바퀴를 운전한다

숫자로 말하는 세상

엄마 뱃속에서부터 마스크를 쓰고 태어난 듯

얼굴에 붙어있는 공포

죽음 앞에 착해진 백성들

번호들을 줄 세우는 건 쉬운 일이지

내가 비정상이겠지

이상한 나라의 앨리스처럼

커졌다 작아졌다 탈출을 꿈꾸다

어디로 가야 하나

틀린 시간과 싸우지 마
그럼 영영 벗어나지 못할 거야

늙은 앨리스

지루함을 참지 못해
하얀 토끼를 따라가 구멍에 빠졌네
호기심을 참지 못한 죄
열쇠가 있어도 문을 열지 못하고
(열쇠구멍이 너무 크거나 작았지)
집에 가지 못해, 자기가 누군지도 잊고

생쥐 앞에서 어리석게도 "고양이"를 찾다가
도와주려던 친구들도 떠나고

제가 흘린 눈물을 마시며 연명하다
잠에서 깨어났다네

산수화

자연도 사람이 들어가야 살아난다

아무도 거들떠보지 않는
풍경 속에 들어가
음풍농월(吟風弄月)
바위에 엎드린 늙은이

미술관 유리를 뚫고 나온 바람

순수한 독서

무언가를 기대하고- 더 똑똑해지고 싶어, 유행에 뒤지지 않으려 (남들이 다 읽는 책이니 나도 봐야지), 토론에서 상대를 제압하려 혹은 영혼을 살찌우려, 보다 나은 인간이 되려 책을 읽는 것은 불순한 독서이다.

최고의 독서는, 가장 순수한 독서는 심심풀이 시간 때우기. 시간을 보낼 무언가 필요할 때, 이리저리 둘러봐도 마음 갈 곳이 없을 때, 너무너무 심심해 죽고 싶을 때 나는 책을 잡는다. 짧은 시나 추리소설이 시간 때우기에 좋다.

마음의 양식?
착한 사람은 마음에 양식이 필요하지 않아요. 욕심 많은 사람에겐 마음에도 양식이 필요하지요.

아리송한

인류의 가장 큰 허영은 양심.
아니, 예술인가

문학평론

난해의 병풍 뒤에 숨지 않고
발가벗은 언어들에
돌멩이가 날아온다
제대로 맞힌 돌은 없지만
날개가 꺾이고
힘이 빠져

비행기 바람을 쐬러 가는 길
매연을 마시고 당당히 서 있는 가로수
나무 높이 올라간 새의 둥지가 부러워라
어떤 비판도 들리지 않는 집
한가한 눈에만 보이는 자연의 작품

가면

나는 남의 고통을
사려 한 적이 없어

검은 상복을 걸치고
아픔을 말하나 아프지 않은
인류를 구원하려는 언어들
심각하고 장황한

유행을 따라가는 눈물
진짜보다 더 진짜 같은

북스피리언스 booksperience[*]

젊을 때 나는 젊음을 몰랐다
몰랐기에
젊음은 내게 권력이 되지 못했다

젊은 언니들에게 둘러싸여
마음의 벽이 뚫려
비밀이 털렸다
그 이름을 발설하면 안 되는데…
후회할 줄 알면서도
후회를 쌓고
밤 11시까지 마감할 원고도 잊고
빨리 집에 가라는 동생의 문자를 씹고
안주로 나온 아스파라거스처럼
아삭아삭 푸른 시간
톡 톡 튀는 말의 잔치 뒤에

집으로 가는

골목의 끝에 무거워진 가방

---

*북스피리언스: 서울 연남동의 책방 술집.

  1연은 영화 "베니스에서의 죽음"을 본 뒤, 어느 감독과 나눈 대화이다.

My Bed*

세상이 갖고 놀다 버린 햇빛 한줌
도망치듯 유리문을 빠져 나간다
편의점에서 담배와 술을 사고
안에서 잠긴 문
미처 날뛰는 고독이
창틀에 매달려
살려 달라고 소리지른다
푸른 방, 구겨진 시트, 뒤집힌 구두 한 짝
담배 연기가 너를 영원히
사랑하겠다고 약속한다

나와 함께 잠을 잔 사람들을 기억하는
침대, 세상을 정복한
미친 트레이시 Tracey
런던의 네온사인처럼 빛나는 여자
나는 당신의 시간을 갖고 싶어

당신을 바라보던

그 남자의 눈빛을 갖고 싶어

---

*영국의 미술가 Tracey Emin (1963~　)의 설치작품 "My Bed" "I Want
My Time With You" 등에서 아이디어를 얻었다.

내 청춘의 증인

가슴선 밑으로 머리를 기른 적이 없다
기르고 싶었지만
더 늙기 전에
가슴에 닿는 머리를 소망했지만
너희들이 떠난 뒤 또 짧아진 머리
보기 좋게 자랐다 싶으면
어떤 거시기를 만났고
보기 좋게 길다 싶으면
어떤 거시기가 나를 떠났다,
내가 그를 떠났다
사진은 거짓말을 하지 않아

귀를 덮는 단발보다 길지 못했던 내 청춘
어깨까지 내려올 만큼
길게 늘어진 연애는 없었다
(언니 마음대로 자르세요!)

짧은 커트에 적당히 길이 들면
그 길을 타고 새 남자가 나타났지
반듯한 남자는 없었어

이 만 큼

그림 속 그림을 우리 같은 사람이 어찌 이해하누
그냥 그림도 이해 못하는데

봐도 모르겠다면서 전시회 초대장을 받지 못해 서
운해 하고, 마을에 작업실을 짓고 요상한 소를 그리
는 화가를 몰래 들여다보며 신통방통해하던 시골 할
매들.

눈이 착잡하게 내리는 게 많이 올 것 같아 추워? 이
건 아무것도 아냐. 한겨울에 문고리 만지면 살이 묻어
나게 아려. 내가 살아온 얘길 하면 책이 이만큼이야.
이 만 큼

을 강조하며 양손을 내밀던, 튀어나온 배 속에 든 이
야기를 들어주며, 들어주는 척하며 뭔가를 얻어먹은
화롯가 지금도 있을까. 할 일없이 부지런하던 서른살

의 실업자는 착잡한 눈에 파란 줄을 긋고도 잊었다

   내 속에 불어터진 웅성거림을 끄집어내지 못해
   나밖에, 나 밖을 몰랐지

   그림 속의 그림처럼 멀어진 사람들

폭설주의보

세검정에서 시작해
고양의 아파트에서 멈춘

하얀 눈보라
우산을 써도 피하지 못하는 폭탄을 맞고
약속시간에 늦지 않으려 뛰는데
내 앞에서 놀라 흩어지는 참새들
나는 너희들을 해치지 않아, 구경할 뿐
불쌍한 것들,
얼마나 다쳤으면 본능이 되었을까

눈보라가 내 눈을 찌른다
들키지 않게 수습하며 깨진 조각들이
가슴에 선을 긋는다
다친 건 가슴인데
잇몸에서 피가 흘러 멈추지 않고

세면대 거울 앞에서 손이 묶인 나는
칫솔을 붙든 나는
누구에게도 죄송하지 않아
나는 용서하지 않았다
나의 처음을 망친…

4부

최후 진술

자기만의 방

시간은 흐르지 않는다
시간은 쌓이지 않는다
시간은 벽에 튕겨서 돌아온다
탈출할 용기가 없어
벽을 넘지 못하고
날개가 있는데도 날지 못하고
달력만 넘기며
없는 것들만 갈망하다 고장난

수리가 불가능한 인생!

학습

낮이라 따듯하지만
밤엔 추울 거야
일기예보를 무시하고
얇게 입고 나갔다

이 남자는 위험해!
경고를 무시하고
그를 만났다

어두워지는 버스정류장에서
추위에 떨며

추위보다
내가 신호를 무시하고
찰나의 햇살에 속아
내달렸다는 사실이 더 춥고 아프다

까칠하지 않은 대화

너 아직도 불행하니?

아니, 행복하지도 불행하지도 않아.

불행하지 않으면 행복한 거야.

우주의 조화

내가 잠든 사이에
꽃이 피었다
내가 잠든 사이에
꽃이 떨어지겠지
내가 모르는 곳에서
아이가 태어나고
내가 모르는 시간에
누군가 눈이 감겨
운구차가 지나간다
흰 천에 덮인 나의 미래를
보고 싶지 않아 도망쳤다

내가 모르는 사이에
피어난 꽃은 더 예뻤다

내가 모르는 동안 빨갛게 익어 터진

딸기를 입에 넣으니

혀끝에 우주가 피었다 지고

달콤새콤 오묘하고 깊은 한숨

코로나 평등

외로운 사람은 더 외로워지고
부자들은 더 부유해지고
가난한 이들은 죽음에 내몰리고
바쁜 사람들은 더 바빠지고
한가한 사람은 지루해 미칠 것 같은 저녁

저희 세상을 만난 새들이
부지런히 펄럭이는데
내 속에 노래는 오래전에 죽었다
너를 보낸 뒤

봄은 약속을 지키지 않았고
손톱이 자라는 것도 모르고
거울도 보지 않았지
후회로 막힌 구멍을 뚫고
양치물을 내리면

이를 세 번 닦으면 하루가 갔다

건너편 아파트에 불이 켜지고
저녁상을 차리느라
누군가를 기다리며 켜지는 습관

행복한 사람들은 뭘 해도 행복하다

면회금지

인생, 혼자 왔다 혼자 가는 거다

어머니가 내게 말했다 어느 날
당신이 혼자가 아니었던 그날
내 옆에서 무심하게 쳐다보지도 않고

수술하러 입원하기 전날,
내가 차려준 저녁을 먹고
당신은 웃었다
엄마가 나를 보고 웃다니
그렇게 환한 미소는 처음이었다

어머니의 첫사랑은 누구였을까
어머니의 첫사랑을 내게 고백한 날
고백한 게 아니라 내가 맘대로 추측한 건데
"그 남자가 노래를 아주 잘했어"

같은 동네 이웃한 집

창 밖에서 그 남자의 노래를 염탐하던

어머니의 처음을 나는 모른다

어머니의 마지막을…모르고 싶지 않다

불면의 이유

요양병원의 좁은 침대에 갇혀
봄이 오는지도 모르는 엄마

착한 치매에 걸려
환자가 아니라며 환자복을 벗고
"나 아픈 데 없다
내가 집이 없어 여기 있지"
언제나 핵심을, 핵심만을 말하는 당신
"나도 너 따라 가련다"
일어나려는 엄마를 두고 병실을 나왔다

어미가 누웠던 작은 방의 침대에서
하얀 공을 넘기고 되받는
아주 쓰잘 데 없는 테니스 경기에 박수치다
당신이 있던 자리가 아프다
소설을 쓰려고 나는 엄마를 버렸다

청동정원에 들어가려고 엄마와 남자를 버렸다

더 슬픈 기억은 따로 있다만, 쓰지 못한다
말하면 사람들은 나를 망가뜨릴 것이다
핵심을 건드리지 못하는
시가 대체 뭐란 말인가

나의 전투

또 늦었구나
양파를 다지고
두부를 으깨고
간소고기에 갖은 양념을 넣어
설탕도 휘휘 뿌려
(달지 않으면 엄마는 손도 대지 않는다)
프라이팬에 후다닥 부친 소고기 전
삶은 고구마, 사과와 귤과 두유를 가방에 욱여넣고
(아차 바나나가 없네!)
급하게 서두르니 왼발이 운동화에 들어가지 않아
손으로 밀어 넣고 마스크를 쓰고
건널목을 세 번 건너

요양병원의 어머니에게 도시락을,
나의 죄의식을 전달하고

난장판이 된 부엌

숟가락은 싱크대에

티스푼은 쟁반 위에

달걀을 휘저은 젓가락은 아무데나

벗어놓은 속옷처럼 널브러져

하루를 시작한

은빛 포크로

세상을 들어 올릴 수도 있었는데

식탁 밑에 떨어진

음식 찌꺼기를 찍어 올려

쓰레기통에 밀봉한 꿈

폭발할 듯 삐져나와

악취를 풍기며

3월의 밤을 흔들다

목련이 피기를 기다리며

또 하루를 견딜, 은빛 찬란한 갈퀴

죄와 벌

나는 한 번에 두 가지 일을 못해
냄비를 두 개쯤 태워 버리면 시집이 완성된다
고구마와 달걀을 불에 올려놓고
어제의 시를 고치느라
냄비 바닥이 검게 그을려
내 팔과 어깨만 아프지
수세미로 긁어도 없어지지 않는 죄
시와 생활을 감히 섞으려 했으니
혼 좀 나거라

어떤 죽음

너의 창문을 푸르게 물들인 활엽수의 이름을
너는 알려고 하지 않지
그 나무와 저 나무의 잎사귀가 어떻게 다른지
구별하지도 못하지
너의 하늘을 날아오르는,
발코니에 앉아 널 빤히 바라보는
새가 종달새인지 까치인지
궁금해 속을 끓이지도 않지

너는 꽃을 보지도 않고
꽃집을 지나가지

횡단보도 앞에서 문득 솟아오른 문장을 잡으려
수첩을 꺼내지도 않지
네 혀를 날뛰게 하는 음식의 이름만
간신히 기억하지

길바닥에 앉아 파를 다듬는 할머니에게
눈길도 주지 않고
엘리베이터에서 마주친 아이에게 웃어주지도
이름이 뭐냐고 실없이 물어보지도 않지
아침에 빠져나온 구멍으로 어서 들어가고파
숨을 헐떡거리지
침묵뿐인 문을 열어 젖히려고

불빛들이 너무 많다

안방 침대 옆에 작은 스탠드

작은 방에 백열전구

화장실 가다 넘어지지 않으려

거실에 수면등을 켜놓고

잠깐 나타났다 사라진 당신

침대 옆에 벗어놓은 슬리퍼처럼

캄캄한 어둠 속에서도 보고 만질 수 있었던

그날

하얀 형광불빛 아래
왼쪽으로 돌아누웠다
오른쪽으로 돌아누웠다

책을 읽으며 엄마를 생각하며
멍하니 아무 생각 없이

왼쪽으로 오른쪽으로 뒤척이다
오만 번, 십만 번 돌고 돌아
나는 소멸하리라

병원의 불빛 아래
눈부신 시체가 되어

최후진술

나는 거짓말을 하지 않았어

진실을 다 말하지는 않았지만……

심심한 시인의 모험

—요조 (음악가, 작가)

움직이면 금방 등결에 촉촉이 땀방울 맺히는 계절에 최영미 시인을 만난 적이 있다. 한겨레신문 대담 기사를 위해 만난 자리였다. 이대로 헤어지고 싶지 않다는 마음을 애써서 누르며 인터뷰를 마무리하는 나에게 시인은 맥주나 한 잔 하자고 말했었다. 타고 온 자전거를 세워둔 채 신이 나가지고 시인의 꽁무니를 성큼성큼 따르던 서울 서교동의 거리가 2년이 지나도록 생생하다. 그때 그와 나눈 대화 역시 마찬가지다. 의젓하게 정리되어 신문 위에 안착한 당시 '괴물'과의 법정 싸움과 여성시인으로서 맞서듯 살던 투쟁적 일상들의 이야기들뿐 아니라 키들거리며 주고받던 이야기도, 은밀하게 속삭이던 이야기도 여전히 나를 불쑥

찾아온다. 시인의 새 시집 소식을 들으면서는 그가 내게 이런 말을 했던 것을 떠올렸다. 어떤 때는 시를 아예 못 쓰는 건 아닐까 싶다고. 그때마다 봄이 있어 다행이라는 생각이 든다고. 봄에 시가 잘 써진다고. 그 이야기를 들으며 두 번 연속해서 안심이 찾아 왔었다. 늘 해오던 일인데 갑자기 아예 못할 것 같은 기분을 느끼는 것은 나뿐만이 아니었다는 사실에서 오는 안심, 그리고 봄 있음에 드는 안심.

'이미'라는 출판사를 직접 세우고 출판했던 첫 시집 『다시 오지 않는 것들』 이후에 발표하는 최영미 시인의 새로운 시집 『공항철도』 앞에서 나는 어쩐지 독자로서의 기쁨과 감사를 시인과 더불어 시집과 시집 사이에 있었던 봄들에게도 동등하게 바치고 싶다.

그 사이에 최영미 시인은 무엇을 하면서 어떻게 지냈을지 궁금했다. 그는 심심했다는 말을 썼다. 그렇게 자신의 SNS에 썼다.

"심심해서 시를 좀 썼습니다."

멀뚱히 놓인 물렁한 두부 두 모 같은 심심이라는 글자가 시인으로부터는 벽돌 두 장처럼 무겁고 깡깡하게 튀어나왔다. 나 같은 보통의 사람이 백날 책을 읽어가며 글자를 하나하나 깨쳐갈 때 어떤 사람에게 글자는 숨만으로도 여물어가는 것처럼 보인다. 최영미 시인도 내게 그런 사람이다. 그가 성심을 다하는 들숨과 날숨 사이에서 시어는 저절로 작고 단단하게 만들어지는 것 같다. "생각하지 않고, 만들지 말고, 받아 적어야 좋은 시가 나오는데"('시작메모') 라는 문장을 그의 지난 시집에서 읽고 난 이후 그 생각은 더 확고해졌다. 그는 시를 위해서 최선을 다해 호흡에만 집중하며 지내고 있었을지도 모르겠다. 어머니가 먹을 도시락을 싸고, 난장판이 된 부엌을 치우고, 절망 속에서 하루 세 번 양치질을 하고, 꽃을 기다리고, 가끔 좋아하는 수영을 원 없이 하면서 계속 숨을 들이마시고 내쉬고. '너무너무 심심해서 죽고 싶게' 숨을 들이마시고 내쉬고.

무언가를 기대하고- 더 똑똑해지고 싶어, 유행에 뒤지지 않으려(남들이 다 읽는 책이니 나도 봐야지), 토론에서 상대를 제압하려 혹은 영혼을 살찌우려, 보다 나은 인간이 되려 책을 읽는 것은 불순한 독서이다.

최고의 독서는, 가장 순수한 독서는 심심풀이 시간 때
우기. 시간을 보낼 무언가 필요할 때, 이리저리 둘러봐도
마음 갈 곳이 없을 때, 너무너무 심심해 죽고 싶을 때 나
는 책을 잡는다.

_「순수한 독서」 일부

　나는 이 시를 읽으며 심심해서 시를 썼다는 시인의
마음을 조심스럽게 짐작해본다. 그 어떤 기대도 바람
도 욕망도 없이 오로지 심심해서 죽을 것 같은 마음으
로 책을 잡을 때 거기에 비로소 자아의 투사가 걷힌
순수한 책 자체가 드러나는 것처럼, 그의 시 역시 한
수 한 수가 심심함으로써 받아내는데 가능했던 순수
한 언어들의 몸이었을 거라고. 그리고 그런 심심함을
좇는 시인의 삶의 태도는 정작 매우 치열한 모험으로
이루어져왔을 거라고. 세상은 심심하고자 하는 사람
을 보통 잘 이해하지 못하고 가만히 놔두는 법이 없으
니까 말이다.

　난해의 병풍 뒤에 숨지 않고
　발가벗은 언어들에

돌멩이가 날아온다

제대로 맞힌 돌은 없지만

날개가 꺾이고

힘이 빠져

비행기 바람을 쐬러 가는 길

매연을 마시고 당당히 서 있는 가로수

나무 높이 올라간 새의 둥지가 부러워라

어떤 비판도 들리지 않는 집

한가한 눈에만 보이는 자연의 작품

_「문학평론」전문

　시인은 가로수만큼 높은 곳에서 더 열심히 심심하고 싶다. 거기에선 지상에서 날아온 돌멩이가 힘 빠지게 하지 않고, 그 어떤 자가 내뱉는 비판도 들리지 않을 것 같기 때문이다. 새의 둥지 옆에 집을 짓고 한가하고 맑은 눈으로 자연이나 보고 싶은 것이다. 그 때 시인은 대신 비행기라도 타고 높이 올라가보려고 공항철도를 타지만 거기에서 목격하는 것도 순리를 거스르는 세상을 대변하듯 거꾸로 흐르고 있는 한강이다.

눈을 감았다

떠 보니

한강이

거꾸로 흐른다

뒤로 가는 열차에 내가 탔구나

_「공항철도」일부

　나는 또 한 명의 시인이 쓴 모험담을 떠올린다. 실비
아 플라스의 소설 〈메리 벤투라와 아홉 번째 왕국〉에
등장하는 메리 벤투라. 그는 미지의 열차에 올라탄 채
다시 돌아올 수 없는 여행을 하는 중이다. 메리는 자
신이 탄 열차 속 사람들의 영혼 없는 표정과 짙은 불
길함 속에서 이 여행은 자신이 원하는 방향이 아니라
는 사실을 너무 뒤늦게 깨닫는다. 이미 열차는 더 이
상의 정차 없이 '아홉 번째 왕국' 정류장까지 쭉 내달
릴 예정이다. 그때 메리 벤투라는 낙담하거나 자포자
기하지 않는다. 시간이 있으니 어떻게 해서든 내릴 거
라고 외치고는 비상정차 줄을 당겨 열차를 세워버린
다. 그러고는 자신을 잡으러 달려오는 직원들을 피해

도마뱀이 튀어나와 발목을 휘감는 어둡고 좁은 회전식 계단을 계속해서 오르기 시작한다. 오르고 또 오르고, 마침내 메리 벤투라가 계단의 끝까지 높이 오르면 눈부신 빛이 쏟아지는 또 다른 세계가 펼쳐지는데 그곳은 다음과 같이 설명된다.

'한 해 중에서도 봄이었다.'

3월을 사랑하며(「3월」) 아주 작은 것에도 만족하는 불평쟁이(「육십 세」), 적을 만드는 능력이 뛰어나지만 누구든지 마음만 먹으면 5분 안에 웃길 수 있는 (「최영미」) 그는 봄을 위해 언제까지고 모험하는 심심한 시인이 되어야 할 것이다. 거꾸로 한강이 흐르는 이 세계에서는 봄이 와서 시인이 시를 쓰는 게 아니라 시인이 시를 씀으로 봄이 오는 것일 테니까 말이다.

일곱번째 시집을 세상에 내놓으며 여러 가지 생각이 춤을 춥니다. 시 속에서는 모든 게 허용되어 앞뒤가 맞지 않는 말들도 숨을 쉬고, 주소와 번지가 다른 감정들이 서로 어울리고, 나도 모르는 먼지들이 스며들어 노래가 되었지요.

시를 버릴까, 버려야지, 버리고 싶은 순간들도 있었지만 어이하여 지금까지 붙잡고 있는지. 그동안 저를 먹여 살려준 독자들에게 감사드립니다.

*

김소라 님이 보내준 멋진 사진을 보고 "너무 늦은 첫눈"의 처음 몇 행을 썼고, 최정은 선생님을 만나러 가는 길에 "공항철도"가 번개처럼 튀어나왔습니다. 표지와 본문을 디자인한 여현미 님, 편집과 교열을 맡은 김소라 님, 홈페이지를 만들고 사진을 찍고 이미출판사의 이런저런 빈 곳을 메워준 이정우 님과 이현정 님, 제목을 골라준 친구들, 제 강의를 들었던 사람들, 시를 청탁한 편집자들, 강의와 낭독회와 세미나를 제안한 분들에게 고마움을 전합니다. 인상적인 추천사를 보내주신 고종석 선생님과 발문을 쓰느라 고생한 요조 님에게 깊은 감사와 우정을 드립니다.

코로나와 싸움에 지치지 마시고 모두 평안하시길. 봄이 그대 곁에 오래 머물기를……

2021년 4월
최영미

공항철도

초판 1쇄 발행 2021년 5월 12일
초판 2쇄 발행 2021년 5월 21일

지은이 최영미
편 집 김소라
디자인 여YEO디자인

펴낸이 최영미
펴낸곳 이미
출판등록 2019년 4월 2일 (제2019-000097호)
주소 서울시 마포구 마포대로 89 마포우체국 사서함 11
이메일 imibooks@nate.com
홈페이지 www.choiyoungmi.com
페이스북 www.facebook.com/youngmi.choi.96155

ⓒ 최영미 2021
ISBN 979-11-967142-8-4 03810

책값은 뒤표지에 있습니다.